Julia Kaergel

Mein einzigartiges Reise-Einkleb-Kritzel-Buch

DIESES
BUCH
GEHÖRT
Name:
Adresse:
Tel:
E-Mail:

Für Enni und Matti

und für alle, die neugierig darauf sind,
die Welt zu entdecken

Julia Kaergel

Mein einzigartiges Reise-Einkleb-Kritzel-Buch

dtv

ETWAS VORWEG:

Wenn du deine Reise gut planst, hast du die Chance, entspannt neue Dinge zu entdecken, sodass keine Langeweile aufkommt.

Bist du mit deinen Eltern oder einer Gruppe unterwegs, dann kannst du Vorschläge machen und mitbestimmen, was ihr unternehmen wollt.

Zeichne die Orte, die du bereist, in die Karten ein. So kannst du schnell überblicken, wo du schon überall warst.

Nach der Reise, wirst du dein Zuhause und deinen Alltag mit anderen Augen sehen und auch dort Dinge bemerken, die dir vorher gar nicht aufgefallen sind.

Bestimmt hast du ganz neue Ideen für die Zukunft und Lust auf die nächste Reise!

NAVIGATION

Das alles findest du in diesem Buch:

Viel Spaß mit diesem Buch!

Trage deine Erlebnisse in dieses Buch ein, schreibe **Tagebuch**, mache Zeichnungen, zeichne Pläne, klebe Fotos, Tickets und Etiketten ein. Zusätzlich gibt es viele gute Tipps fürs Reisen ohne Langeweile!

Nach der Reise kannst du in deinen Erinnerungen blättern und es ist fast so, als wärst du wieder dort. So kannst du alles noch einmal erleben und das Buch deinen Freunden zeigen. Später kannst du gleich die nächste Reise planen und dabei überlegen, was du beim nächsten Mal anders machen möchtest.

ACHTUNG: Bei einer Flugreise dürfen Schere und Kleber **NICHT** ins Handgepäck, sondern nur in den Koffer!

Bitte noch ein bisschen bunter

Wenn du noch mehr Farbe ins Spiel bringen möchtest, dann verändere die Farben im Buch. Das geht ganz einfach und du kannst es auf dieser Seite schon einmal ausprobieren.
Nimm einen gelben Buntstift und schraffiere damit die 3 rechten Dreiecke des Farbkreises. So kannst du Farben mischen.

= Schraffur

Rosa plus Gelb wird Orange,
aus Hellblau plus Gelb wird Grün.

Wenn es dir gefällt, kannst du das auf allen Seiten ausprobieren und natürlich noch andere Farben dazu nehmen.

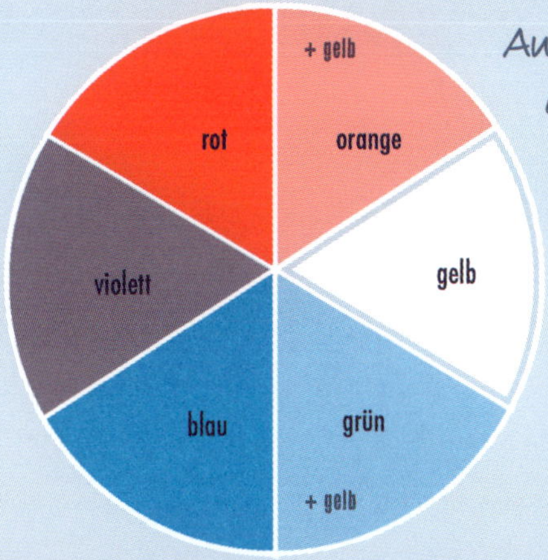

Auf alle Fälle wird aus diesem Buch dein ganz **kunterbuntes und einmaliges Reisebuch.**

Gute Reise!

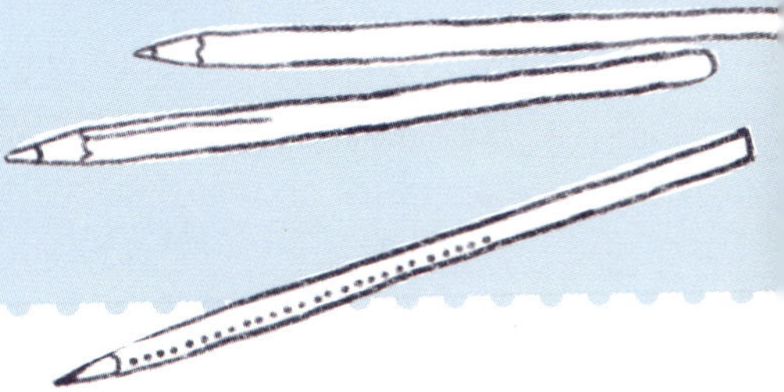

Mein Reisepass

Name: ....

Vorname: ....

Geburtstag: ....

Geburtsort: ....

Augenfarbe: ....

Größe: ....

Haarfarbe: ....

Wohnort: ....

Staatsangehörigkeit:

....

....

Unterschrift

Diese **SPRACHEN** spreche ich:

Das möchte ich tun!

segeln + fotografieren +
bergsteigen + faulenzen + lesen + Rad fahren
+ schwimmen + ganz viel schlafen + tauchen + zelten +
wandern + NICHTS + ein Schloss besichtigen + schnorcheln
+ Ski laufen + reiten + in den Wildpark gehen + in den Sternenhimmel gucken + eine Sprache lernen + eine Schnitzeljagd
machen + zeichnen + aufregende Entdeckungen machen
+ einen Schatz finden + Steine sammeln + mit einer
Seilbahn fahren + Geocaching + in der Sonne liegen +

+ .... + ... + ... +

.... + ... + ... +

....

Dahin

möchte ich reisen!!!!

demnächst

später einmal

So komme ich dahin:

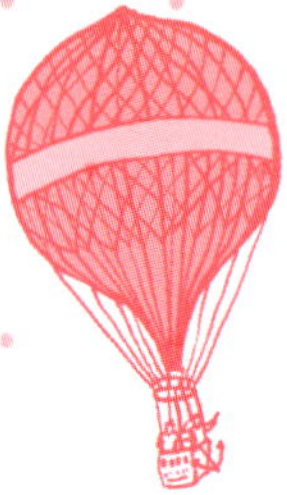

Kreuze an, kreise ein oder zeichne dein eigenes Fortbewegungsmittel dazu!

So lange dauert dieser Urlaub

- ☐ Wochenende
- ☐ verlängertes Wochenende
- ☐ eine Woche
- ☐ zwei Wochen
- ☐ drei Wochen
- ☐ einen Monat
- ☐ kommt drauf an

Das wird ganz toll, weil:

Soo lange war ich schon mal verreist:

Ich reise mit:

- [ ] Da war ich noch nie:
- [ ] Da war ich schon mal und zwar so oft:

Ich packe in meinen Koffer …

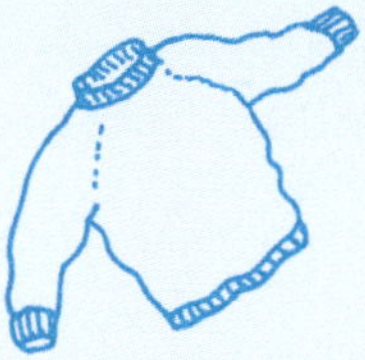

Unterhosen
Unterhemden
T-Shirts
Strümpfe/Socken
Pullis, langärmlich
Strickjacke
Nachtzeug
Jacke
Sportschuhe
Wanderschuhe
Regenzeug
Sonnenbrille, Sonnencreme

NICHT VERGESSEN:

REISEDOKUMENTE!
AUSWEIS
TICKETS/FAHRKARTEN
PORTEMONNAIE

Kulturbeutel mit

Zahnbürste
Zahnpasta
Shampoo
Duschgel
Handtuch
Bürste/Kamm
Pflaster

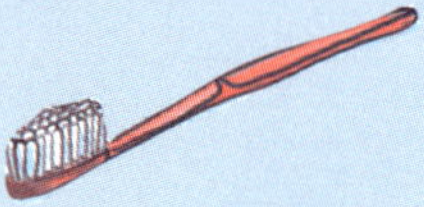

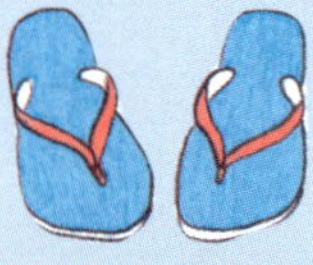

Zahnspange
Haarspangen
Medikamente
Mückenschutz
Zeckenspray

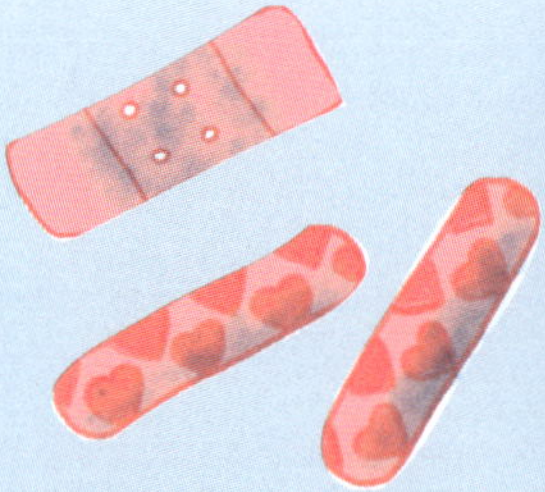

kleiner Rucksack
Trinkflasche
Taschenlampe
Taschenmesser
Fernglas
Kompass

Bücher
Federmäppchen
Stifte
Schere
Kleber (siehe Seite 5)
dieses Reisebuch!

Zeichenblock
Kamera
Handy (evtl. mit GPS Funktion)
- mit Aufladekabel

Spiele für drinnen:
Würfel, Karten ...

Spiele für draußen:
Ball, Springseil
Gummitwist

für den Urlaub mit Schnee

Ski/Schlitten
dicke Jacke
lange Unterwäsche
Handschuhe + Mütze
Schal

....

....

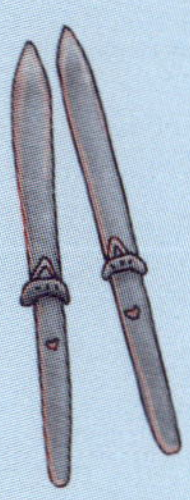

für einen Strandurlaub

Badesachen
Taucherbrille
Schnorchel
Badelatschen
Strandtuch

....

....

für unterwegs

Hörspiele und Musik

....

....

....

....

DAS HATTE ICH SCHON MAL VERGESSEN.
UND ES WAR TOTAL WICHTIG:

....

....

....

....

JAHRESÜBERSICHT

Wann hast du eigentlich frei?
Wann hast du Zeit zu verreisen?

Nimm dir einen Ferienkalender und trage die Ferientage in diese Übersicht ein. Markiere auch die Wochenenden und die Feiertage. Noch übersichtlicher wird es, wenn du unterschiedliche Farben verwendest.

ACHTUNG: Ferientage und Feiertage sind in jedem Bundesland unterschiedlich festgelegt.

TIPP: Kopiere diese Übersicht, bevor du sie ausfüllst. So kannst du diese Seite auch im kommenden Jahr benutzen.

Januar

Mo	Di	Mi	Do	Fr	Sa	So

Februar

Mo	Di	Mi	Do	Fr	Sa	So

März

Mo	Di	Mi	Do	Fr	Sa	So

April

Mo	Di	Mi	Do	Fr	Sa	So

Mai

Mo	Di	Mi	Do	Fr	Sa	So

Juni

Mo	Di	Mi	Do	Fr	Sa	So

FERIEN · URLAUB · WOCHENENDEN

Juli

Mo	Di	Mi	Do	Fr	Sa	So

Oktober

Mo	Di	Mi	Do	Fr	Sa	So

August

Mo	Di	Mi	Do	Fr	Sa	So

November

Mo	Di	Mi	Do	Fr	Sa	So

September

Mo	Di	Mi	Do	Fr	Sa	So

Dezember

Mo	Di	Mi	Do	Fr	Sa	So

meine Reisekasse

DATUM	WOFÜR	+	−

Wie sehen die Geldscheine & Münzen im Reiseland aus?

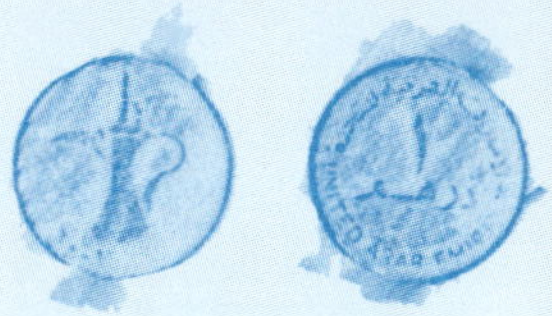

Zeichne die **GELDSCHEINE** ab. Meist sind auf der einen Seite berühmte Personen dargestellt. Wer ist das? Auf der Rückseite befinden sich oft bekannte Gebäude. Was und wo ist das?

MÜNZEN kannst du mit einem Blei- oder Buntstift durchzeichnen. Lege dazu eine Münze unter das Papier. Nun zeichne mit dem Stift darüber. So bildest du die Oberfläche auf dem Blatt ab. Das nennt man FROTTAGE.

Das hilft mir gegen Heimweh!!!

Überlege dir vor der Reise, was dir gegen das Heimweh hilft. Schreibe und zeichne es **hier** auf. Solltest du dann wirklich Heimweh haben, dann schlage diese Seite auf – du wirst sehen, es hilft!!!

meine Deutschlandkarte

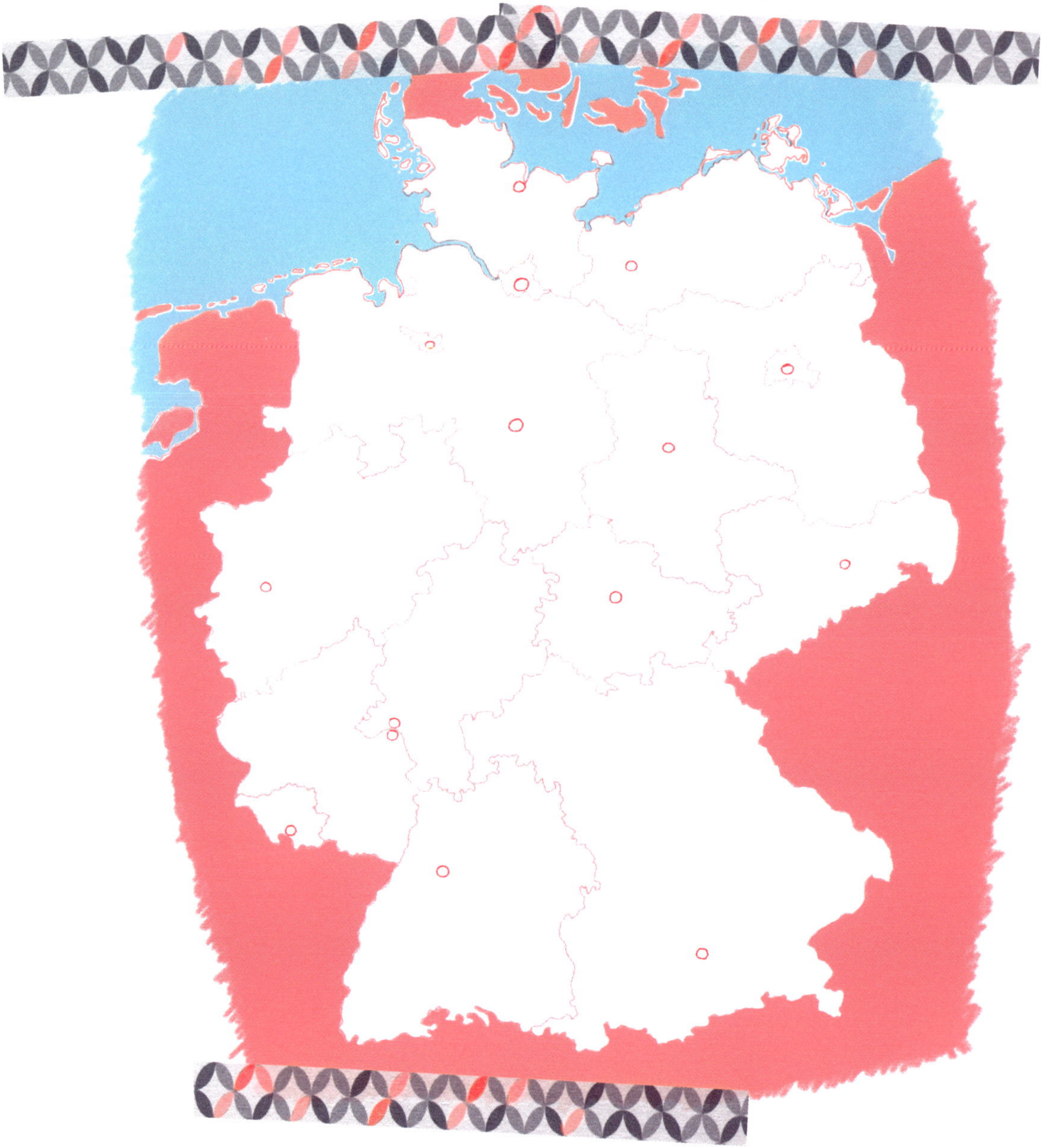

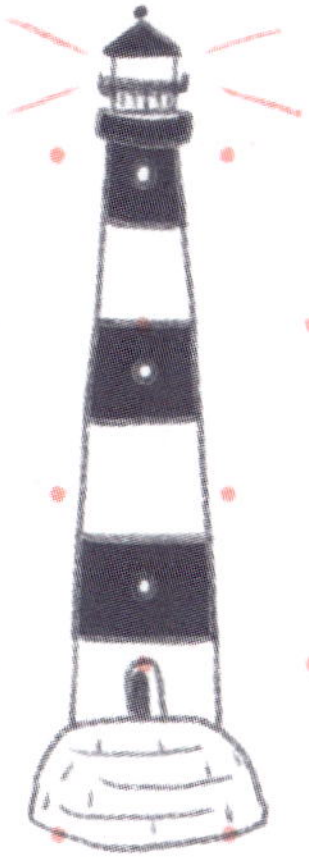

da wohne ich

da war ich schon mal
da möchte ich gern hin

da wohnt Familie, Freund/in
da kann ich .... besuchen

● da wohne ich

● da war ich schon mal

● da möchte ich gern hin

● da wohnt Familie, Freund/in
da kann ich .... besuchen

meine EUROPAkarte

Unterwegs mit dem Auto, Zug, Bus, Flugzeug

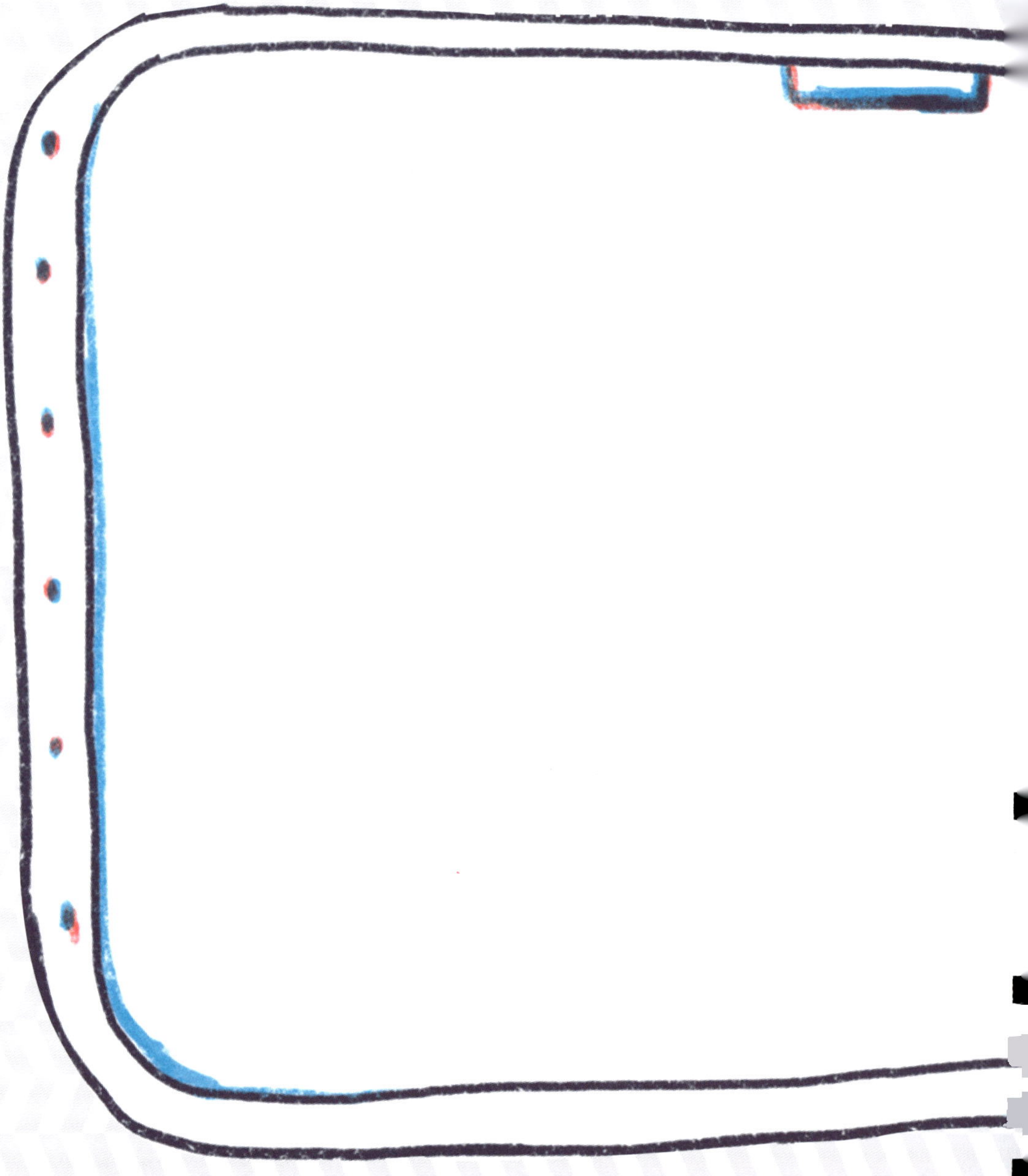

Das sehe ich, wenn ich aus dem Fenster schaue:

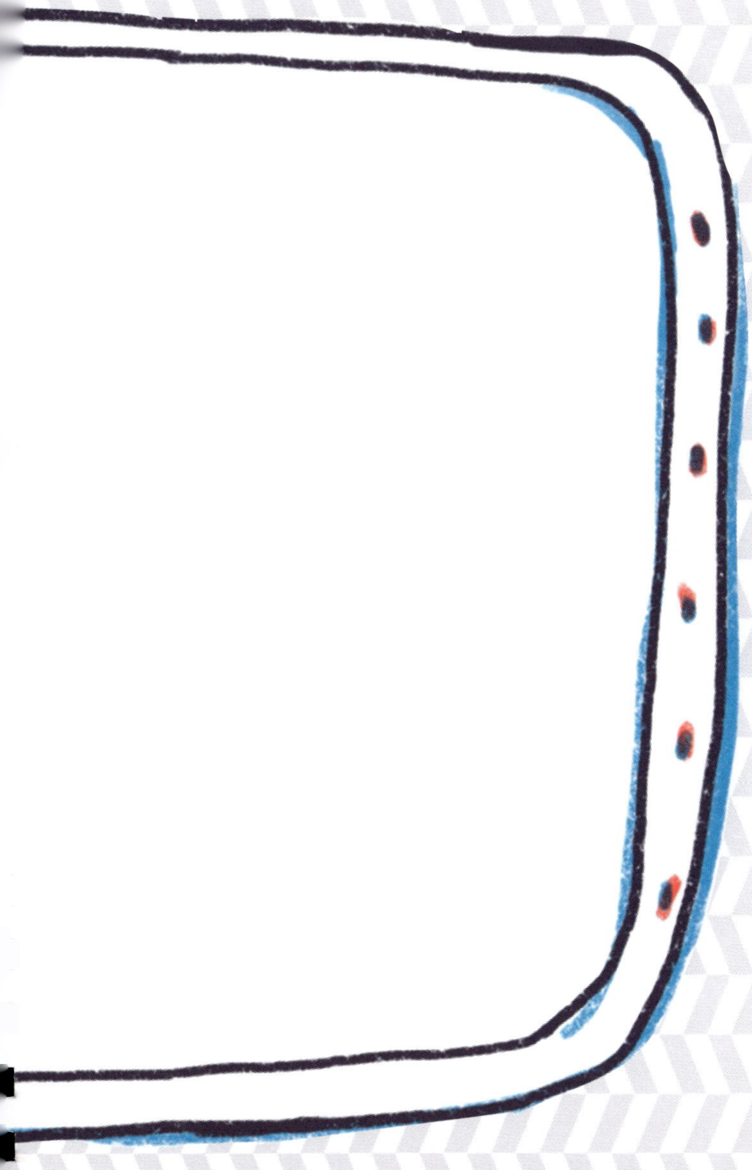

Auf dieser Insel war ich schon:

Name: ....
Land: ....
Größe: ....
Wann: ....
Mit wem: ....

Name: ....
Land: ....
Größe: ....
Wann: ....
Mit wem: ....

Name: ....
Land: ....
Größe: ....
Wann: ....
Mit wem: ....

Name: ....
Land: ....
Größe: ....
Wann: ....
Mit wem: ....

So hoch oben war ich schon

Hochhäuser - Aussichtstürme - Berggipfel - Flughöhen

Name: ....
Land: ....
Größe: ....
Wann: ....
Mit wem: ....

Name: ....
Land: ....
Größe: ....
Wann: ....
Mit wem: ....

Name: ....
Land: ....
Größe: ....
Wann: ....
Mit wem: ....

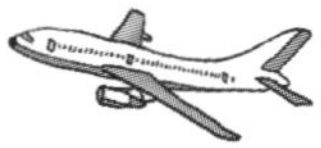

So viele ... habe ich gesehen

Während der Fahrt: Schau genau und mache eine Strichliste.

Eisenbahnen:
schwarze Schafe:
Rehe:
Busse:
Flugzeuge:
Raubvögel:
Schneemänner:
Traktoren:
Weihnachtsbäume:
Seen:
Flüsse:
Pferde:
Burgen:
Windräder:
Kühe:
Handymasten:
Baustellen:
Schiffe:

Wann sind wir da?
So oft unterwegs gesagt:

....

....

....

....

Zu Fuß unterwegs: Mache eine Strichliste.

Straßenbahnen:
Briefkästen:
Oldtimer:
Heißluftballons:
Singvögel:
Hühner:
Traktoren:
Pferde:
Flüsse:
Mücken:
Kühe:
Pilze:
Hunde:
Katzen:
Kirchtürme:
Brücken:
Straßencafes:
Hundekot:

....
....
....
....

Umgebung erforschen:

Das gibt es vor Ort zu entdecken:

Das kann man hier tun:

Diese Besonderheiten gibt es:

Das ist so weit entfernt: (Meter oder Minuten)

Bahnhof
Flughafen
Markt
Laden
Restaurant
Post
Museum
Leuchtturm
Windmühle
Notarzt

Meer/See
Strand
Schwimmbad
Wald
Kletterhalle
Berge
Spielplatz

Das gibt es vor Ort zu entdecken:

Das kann man hier tun:

Diese Besonderheiten gibt es:

Das ist so weit entfernt: (Meter oder Minuten)

Bahnhof
Flughafen
Markt
Laden
Restaurant
Post
Museum
Leuchtturm
Windmühle
Notarzt

Meer/See
Strand
Schwimmbad
Wald
Kletterhalle
Berge
Spielplatz

Meine eigene Karte

Zeichne eine Karte von
der Umgebung.

Wo ist dein STANDORT?
Was ist auffällig?

Zeichne Bäume, Häuser,
Straßen und Gewässer ein.

Was hast du entdeckt?
Wo hast du ein Tier gesehen?

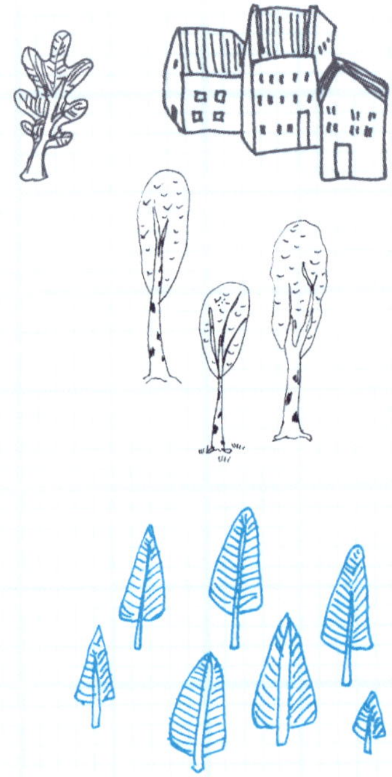

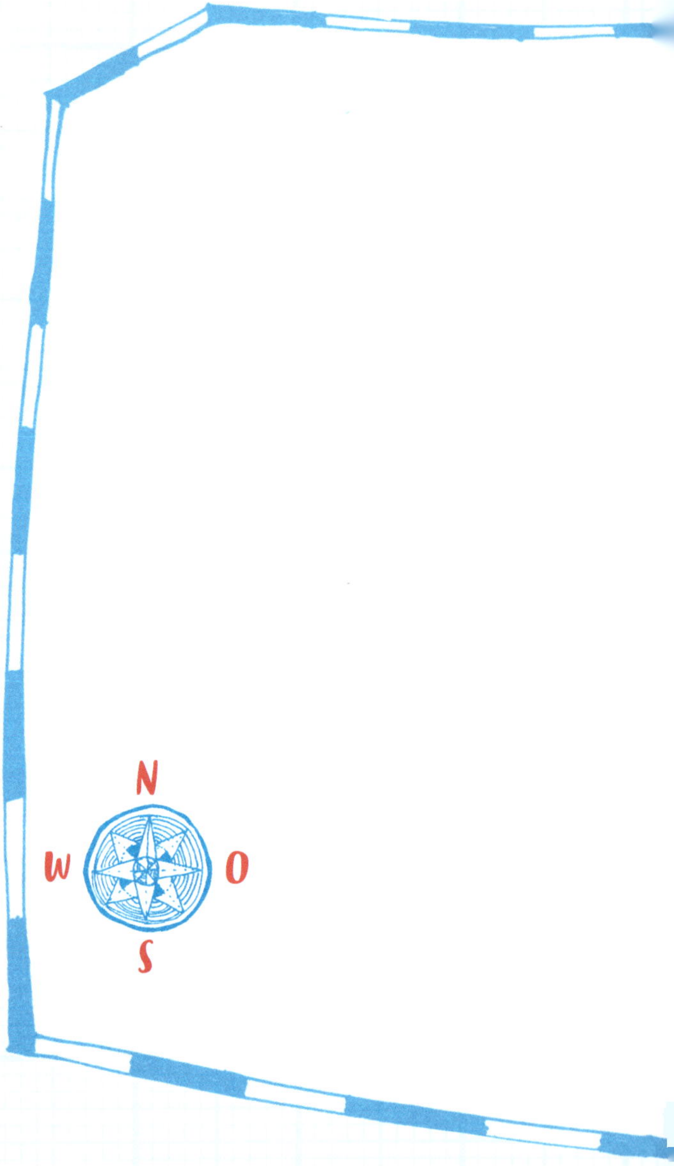

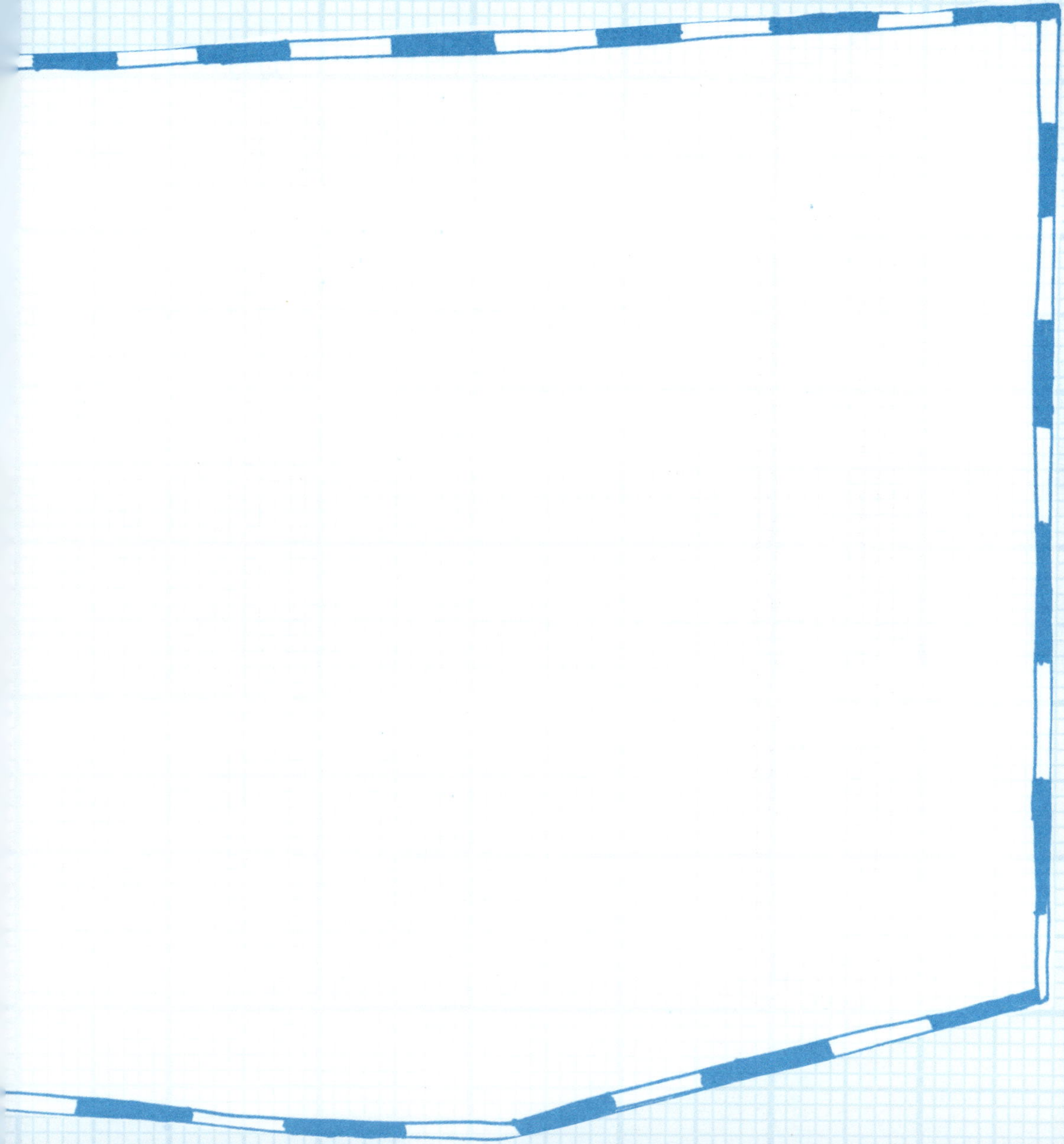

Was sehe ich, wenn ich aus dem Fenster schaue?

So sieht das Zimmer aus, in dem ich übernachte.

Oder: Wie ist der Blick aus meinem Zelt?

Sammle *Blüten*, presse sie in einem dicken Buch und klebe sie hier ein.
Wie heißen die Pflanzen? Wo wachsen sie? Kennst du sie schon von zu Hause?

Wenn du sie vorher presst, halten die Farben länger.
Mache auch verschiedene Zeichnungen!

Sammle **Blätter**, presse sie und klebe sie hier ein.
Wie heißen die Pflanzen oder Bäume?
Wo wachsen sie? Kennst du sie schon von zu Hause?

Vielleicht inspirieren dich die Formen zu eigenen Kreationen.

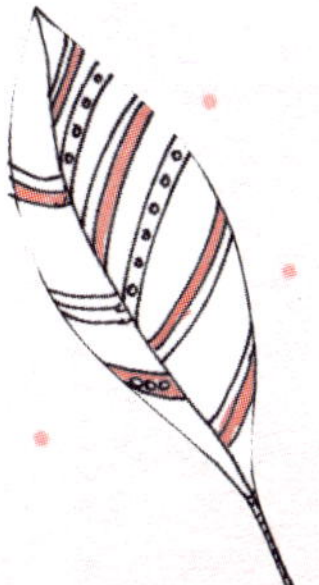

Schilderwald

Gehe auf die Suche nach besonderen Verkehrszeichen!

Mache Fotos und klebe sie hier ein oder zeichne sie ab!
Einige dieser Straßenschilder hier wurden vielleicht etwas verändert?

Schilder WALD

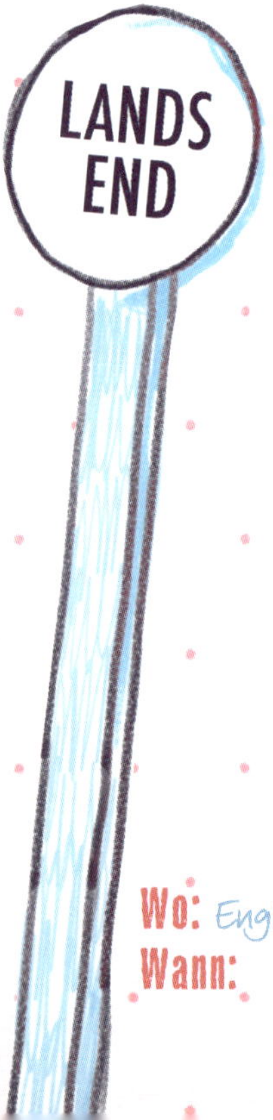

Wo: England, Cornwall

Wann: . . . . . .

Wo: Deutschland, Kreis Bad Segeberg
Wann: . . . . . .

Auf deinen Entdeckungstouren kommst du an besonderen Orten vorbei. Das können Landschaften, Bäume, Kulturdenkmäler, versteckte Winkel in Städten, Skulpturen oder Kunstwerke sein.

Mache Fotos und Zeichnungen und klebe sie hier ein. Schreibe ein paar Fragen dazu auf und überlege dir verschiedene Antworten.

Was hat dieser Baum
schon alles erlebt?
Sind hier früher die
Menschen in Kutschen
vorbeigefahren?
Wo wollten sie hin?

Was ist das für ein Objekt?
Kommt es von einem
fremden Stern?

Entdecker
TOUREN

Wer hat das gebaut?
Woher kommen die Steine?

Was ist hier früher mal passiert -
und wie wird der Ort heute genutzt?
Wie würde man mit den Menschen, die hier
früher lebten, kommunizieren?

StreetART

Stadt-
SAFARI

Wer hat das gemalt?
Was soll das bedeuten?

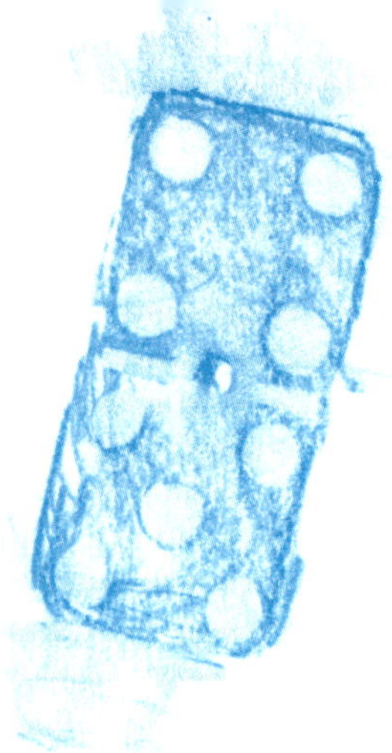

Noch mehr Frottagen

Nicht nur Münzen kann man ‚frottagieren', sondern auch andere harte Oberflächenstrukturen. Wie das geht, hast du ja schon auf der Seite mit den Geldscheinen und Münzen gelesen.

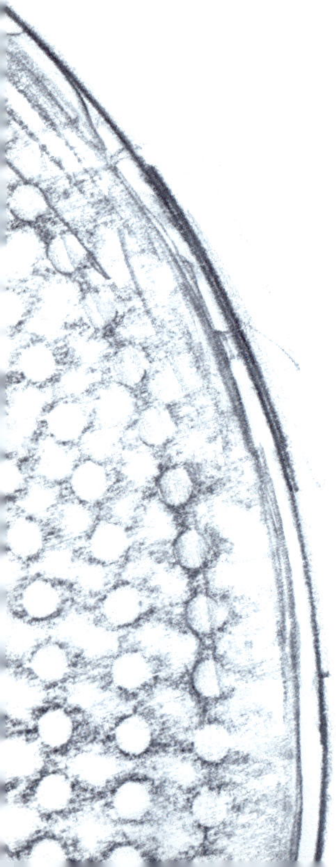

COME

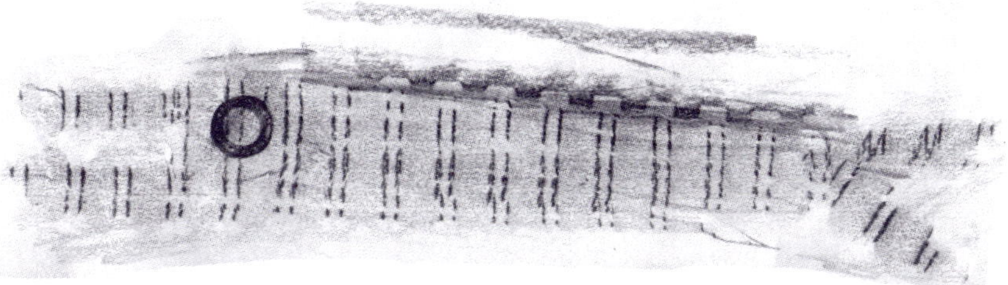

Mein LieblingsMUSEUM

Es gibt unendlich viele Museen zu allen möglichen Themen.
Was interessiert dich? Gibt es am Urlaubsort ein Museum?
Einige Museen bieten inzwischen besondere Führungen oder „Instawalks" an.

Museum:
Wo: . . . .
Besucht am: . . . .
Wie oft: . . . .
Da gibt es: . . . .

Museum:
Wo: . . . .
Besucht am: . . . .
Wie oft: . . . .
Da gibt es: . . . .

Museum:
Wo: . . . .
Besucht am: . . . .
Wie oft: . . . .
Da gibt es: . . . .

Museum:
Wo: . . . .
Besucht am: . . . .
Wie oft: . . . .
Da gibt es: . . . .

Museum:
Wo: . . . .
Besucht am: . . . .
Wie oft: . . . .
Da gibt es: . . . .

Museum:
Wo: . . . .
Besucht am: . . . .
Wie oft: . . . .
Da gibt es: . . . .

Museum:
Wo: . . . .
Besucht am: . . . .
Wie oft: . . . .
Da gibt es: . . . .

Museum:
Wo: . . . .
Besucht am: . . . .
Wie oft: . . . .
Da gibt es: . . . .

Meine eigene SAMMLUNG und besten FUNDSTÜCKE

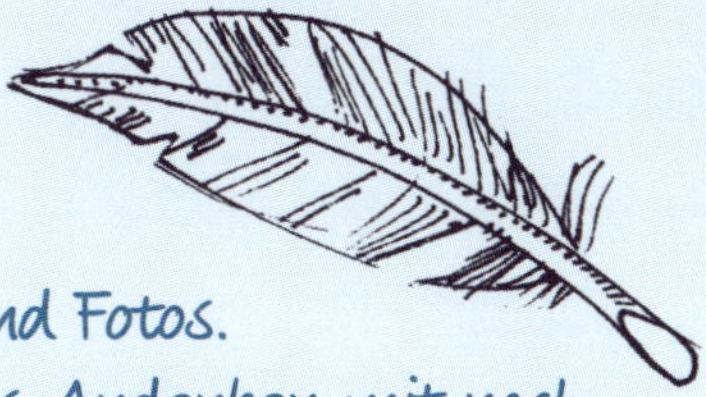

Sortiere deine Fundstücke und mache Zeichnungen und Fotos.
Notiere den FUNDORT und überlege, ob du etwas als Andenken mit nach Hause nehmen wirst.

Was:
Wo:
Wann:

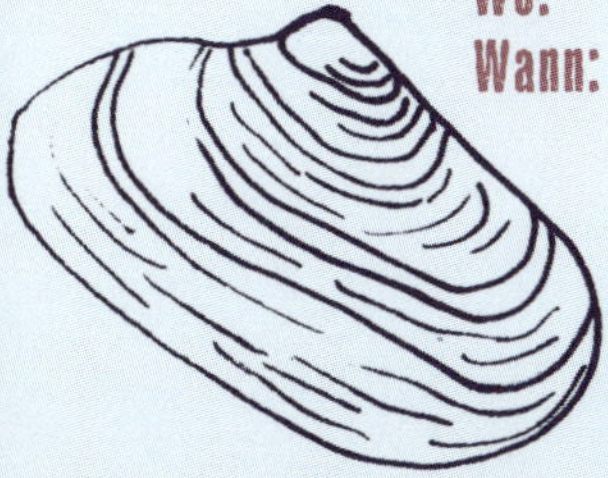

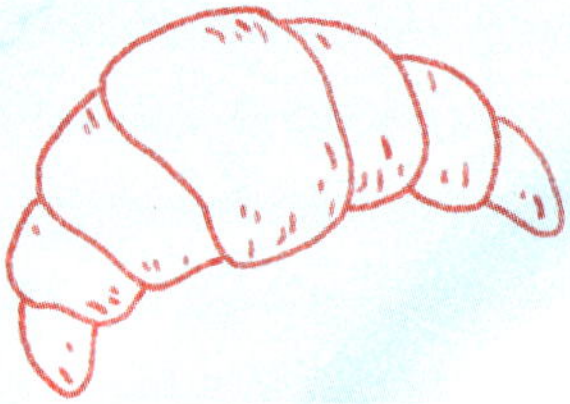

Leckes essen

An anderen Orten schmeckt das Essen ganz anders als zu Hause.
Gehe auf Entdeckungstour.

Gibt es in der Nähe einen Markt oder einen Hafen, wo man alles frisch kaufen kann?

Das esse ich besonders gern
und **HIER** habe ich es gegessen.

Was . . . .
Wann . . . .
Wo . . . .
Wie * * * * * *

Was . . . .
Wann . . . .
Wo . . . .
Wie * * * * * *

Was . . . .
Wann . . . .
Wo . . . .
Wie * * * * * *

Was . . . .
Wann . . . .
Wo . . . .
Wie * * * * * *

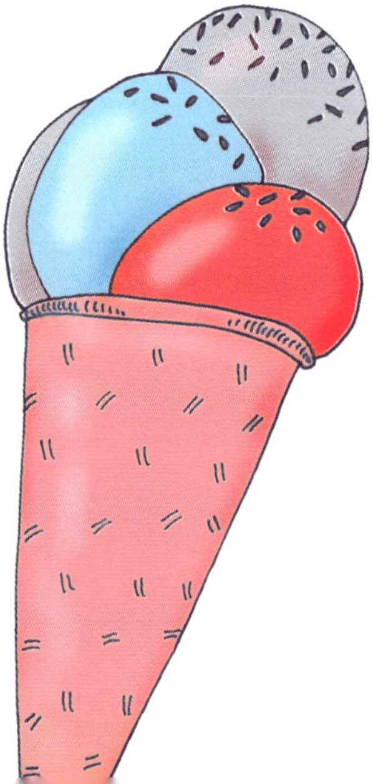

Was . . . .
Wann . . . .
Wo . . . .
Wie * * * * * *

Was . . . .
Wann . . . .
Wo . . . .
Wie * * * * * *

Was . . . .

Wann . . . .

Wo . . . .

Wie * * * * * *

Was . . . .

Wann . . . .

Wo . . . .

Wie * * * * * *

Was . . . .

Wann . . . .

Wo . . . .

Wie * * * * * *

Was . . . .

Wann . . . .

Wo . . . .

Wie * * * * * *

Was . . . .

Wann . . . .

Wo . . . .

Wie * * * * * *

Was . . . .

Wann . . . .

Wo . . . .

Wie * * * * * *

Was . . . .

Wann . . . .

Wo . . . .

Wie * * * * * *

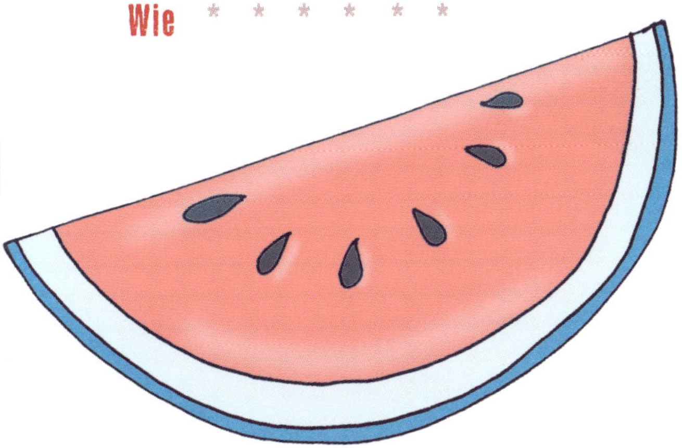

Dieses GERICHT
kannte ich früher nicht, habe
es aber inzwischen probiert.

So schmeckt es mir: * * * * * *

Was . . . .
Wann . . . .
Wo . . . .
Wie * * * * * *

Was . . . .
Wann . . . .
Wo . . . .
Wie * * * * * *

Was . . . .
Wann . . . .
Wo . . . .
Wie * * * * * *

Was . . . .
Wann . . . .
Wo . . . .
Wie * * * * * *

Was . . . .
Wann . . . .
Wo . . . .
Wie * * * * * *

Was . . . .
Wann . . . .
Wo . . . .
Wie * * * * * *

Was . . . .

Wann . . . .

Wo . . . .

Wie * * * * * *

Was . . . .

Wann . . . .

Wo . . . .

Wie * * * * * *

Was . . . .

Wann . . . .

Wo . . . .

Wie * * * * * *

Was . . . .

Wann . . . .

Wo . . . .

Wie * * * * * *

Was . . . .

Wann . . . .

Wo . . . .

Wie * * * * * *

Was . . . .

Wann . . . .

Wo . . . .

Wie * * * * * *

Was . . . .

Wann . . . .

Wo . . . .

Wie * * * * * *

Meine gesammelten REISEREZEPTE

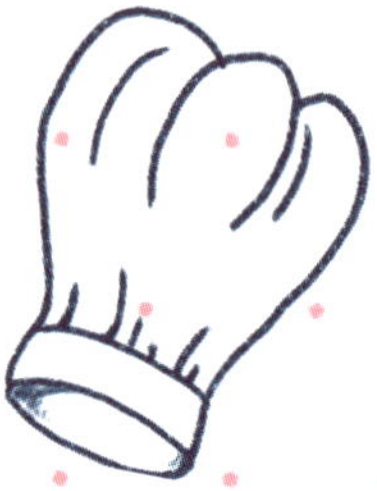

Schmeckt es dir besonders gut, dann frage den Koch, was das besondere Gewürz oder der besondere Pfiff am Gericht ist.

Frage nach dem Rezept und schreibe es hier auf oder klebe es hier ein. Mache eine Zeichnung.

Gericht:

Wo:

Wann:

Gericht:

Wo:

Wann:

Gericht:

Wo:

Wann:

leckere REISE REZEPTE

Gericht:

Wo:

Wann:

Gericht:

Wo:

Wann:

Gericht:

Wo:

Wann:

Das habe ich gerade getrunken

Sammle die Ränder der allerleckersten Getränke.

Was . . . .

Wann . . . .

Wo . . . .

bester Traubensaft

Was . . . .

Wann . . . .

Wo . . . .

Was . . . .

Wann . . . .

Wo . . . .

MUSIC

Don't worry be happy

Musik läßt uns an schöne Erlebnisse und Momente zurückdenken.
Hier die Playlist deiner Ferien:

Titel - Wann: Wo:

1

2

3

4

5

6

7

8

9

10

JAZZ

Hits

Soul

RAP

Titel – Wann: Wo:

1

2

3

4

5

6

7

8

9

10

Titel – Wann: Wo:

1

2

3

4

5

6

7

8

9

10

Titel – Wann: Wo:

1

2

3

4

5

6

7

8

9

10

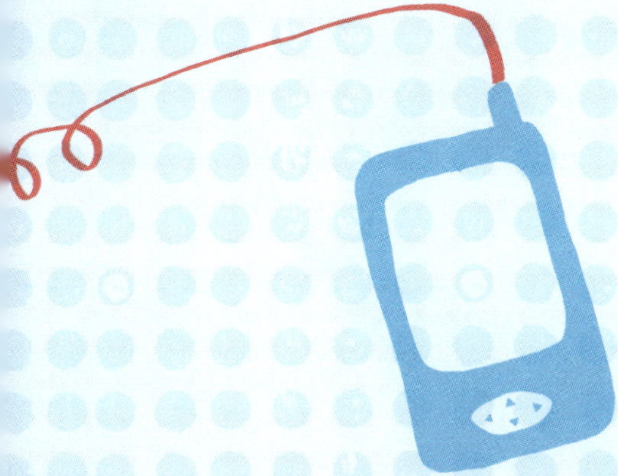

Meine TOP 10

Titel - Wann: Wo:

1
2
3
4
5
6
7
8
9
10

Titel - Wann: Wo:

1
2
3
4
5
6
7
8
9
10

Lieblings - MUSIC

Titel - Wann: Wo:

1
2
3
4
5
6
7
8
9
10

Titel - Wann: Wo:

1
2
3
4
5
6
7
8
9
10

Meine TOP 10 Lieblings-MUSIC

Titel - Wann: Wo:

1
2
3
4
5
6
7
8
9
10

Titel - Wann: Wo:

1
2
3
4
5
6
7
8
9
10

Titel - Wann: Wo:

1
2
3
4
5
6
7
8
9
10

Titel - Wann: Wo:

1
2
3
4
5
6
7
8
9
10

Musik am Urlaubsort

Wo gibt es Musik?

Dorffest ....
Straßenmusiker ....
in der Metrostation ....
am Strand ....
auf der Plaza ....
Radio ....
Nachbarwohnung ....

Welche Musik:

Band
Orchester
Chor
Jodeln

Besetzung:

Gitarre
Schlagzeug/Percussion
Bass
Gesang
Cello/Geige
Saxophone/Trompete/Posaune
Piano

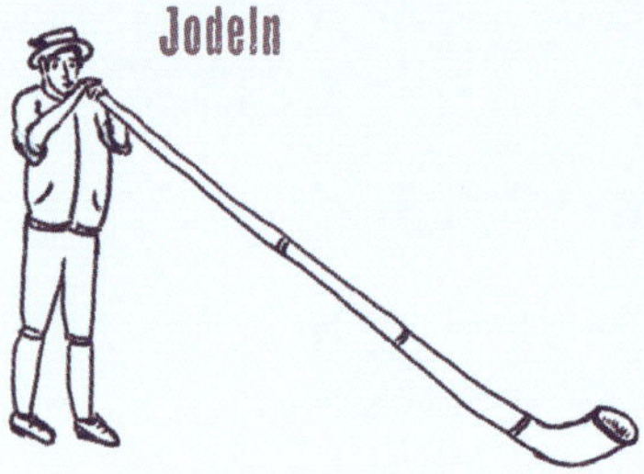

Wenn du die TEXTE DER MUSIKSTÜCKE nicht verstehst, dann frage jemanden, ob er den Text übersetzen oder erzählen kann, worum es in dem Lied geht.

Gibt es MUSIKINSTRUMENTE, die du nicht kennst? Wie heißen sie, wie werden sie gespielt – und was ist das Besondere?

Was: ....
Wann: ....
Wo: ....
Besetzung: ....

Was: ....
Wann: ....
Wo: ....
Besetzung: ....

Was: ....
Wann: ....
Wo: ....
Besetzung: ....

Was: ....
Wann: ....
Wo: ....
Besetzung: ....

Urlaubssongtext:

Schreibe den Text eines Liedes auf, das du am Urlaubsort kennengelernt hast. Oder schreibe deinen eigenen Text.

Spielst du ein MUSIKINSTRUMENT? Möchtest du ein Instrument lernen? Wer kann es dir beibringen? Mit wem gründest du deine eigene Band?

Ich bin ganz Ohr

in der Unterkunft – beim Aufwachen – beim Einschlafen – im Park – am Meer – im Gebirge ...

Schließe die Augen – *Was hörst du?*

Lass Dir ein paar Minuaten Zeit,
schreib es auf, mache eine Zeichnung oder ein Foto

Das stinkt mir

Schließe die Augen – *Was riechst du?*
Lass Dir ein paar Minuten Zeit – **Duft oder Gestank?**
Schreib es auf, mache eine Zeichnung oder ein Foto

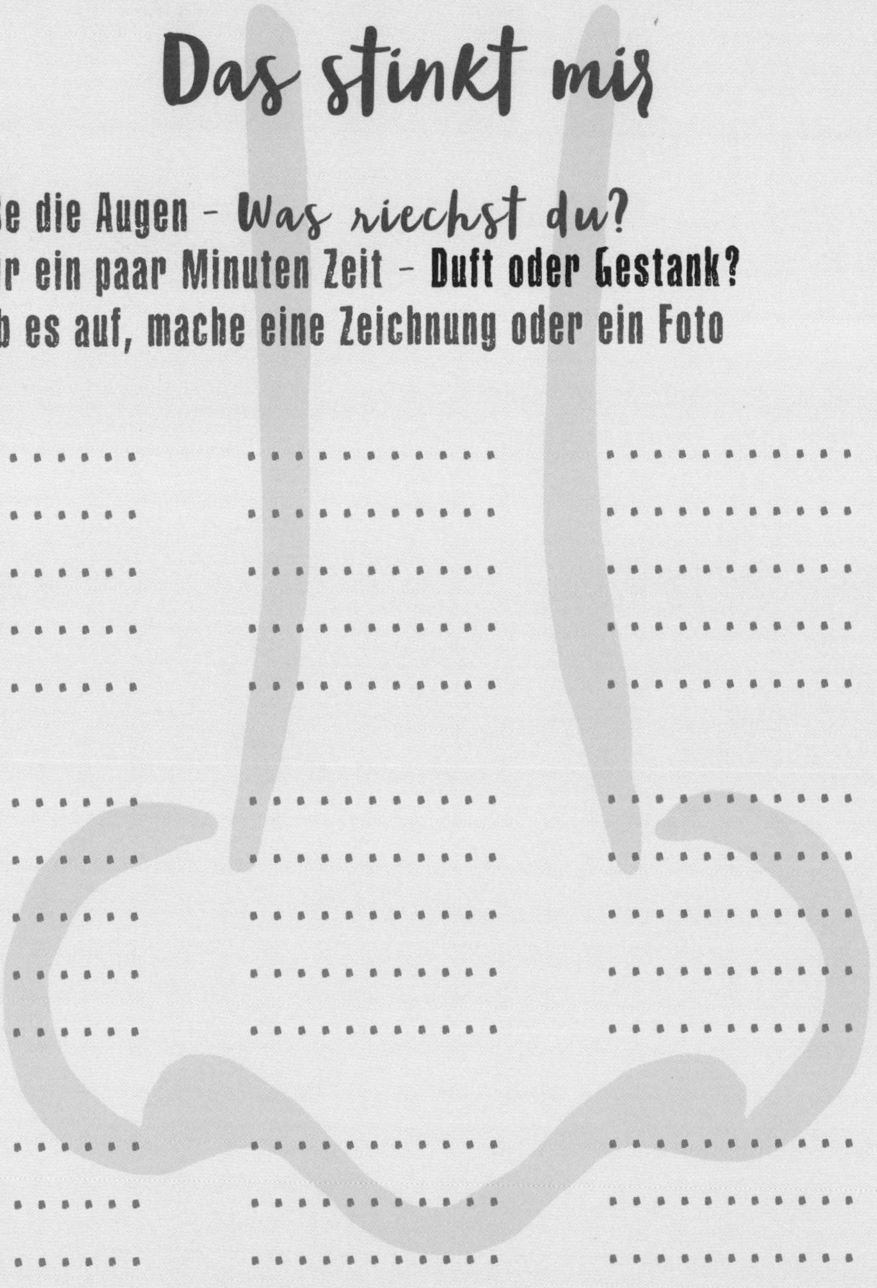

Fotoprojekt

COOL & RETRO

Polaroidfotos – Lomografie

1. Mache Fotos, ohne durch den Sucher der Kamera zu schauen.

2. Werde ein richtiger Profi: Lerne die Kamera genau kennen und informiere dich über Bildaufbau, Belichtungszeit und Tiefenschärfe.

Diese Kamera ist ja nur gehäkelt, aber es gibt viele verschiedene Kameras auf dem Flohmarkt.

Typosafari

Suche interessante Schriften an Häusern und auf Verpackungen.
Mache ein Foto oder zeichne sie ab.

ALVADO

WEL-COME
NAMASTE

OTEL REGINA

THIS IS IT

For Sale

Diese Tiere habe ich schon gesehen

im Zoo – in der Natur – im Tierpark – ausgestopft

Was: ....
Wo: ....
Wann: ....
Wieviele: ....

Was: ....
Wo: ....
Wann: ....
Wieviele: ....

Was: ....
Wo: ....
Wann: ....
Wieviele: ....

Was: ....
Wo: ....
Wann: ....
Wieviele: ....

Was: ....
Wo: ....
Wann: ....
Wieviele: ....

Was: ....
Wo: ....
Wann: ....
Wieviele: ....

Was: ....
Wo: ....
Wann: ....
Wieviele: ....

Was: ....
Wo: ....
Wann: ....
Wieviele: ....

tot oder lebendig

Was:
Wo:
Wann:
Wieviele:

Was:
Wo:
Wann:
Wieviele:

Was:
Wo:
Wann:
Wieviele:

Was:
Wo:
Wann:
Wieviele:

Was:
Wo:
Wann:
Wieviele:

Was:
Wo:
Wann:
Wieviele:

Was:
Wo:
Wann:
Wieviele:

Was:
Wo:
Wann:
Wieviele:

Was:
Wo:
Wann:
Wieviele:

Nachtwanderung

Wer eine Nachtwanderung unternehmen möchte, muss entweder lange aufbleiben oder mitten in der Nacht aufstehen…

Welche Sternbilder kennst du? Entdeckst du sie am Nachthimmel?

heute am: . . . .
Sonnenuntergang um: . . . .
Sonnenaufgang um: . . . . .

heute am: . . . .
Sonnenuntergang um: . . . .
Sonnenaufgang um: . . . . .

So viele … habe ich gesehen:

Fledermäuse: . . . .
Glühwürmchen: . . . .
Eulen: . . . .
Igel: . . . .
Rehe: . . . .
. . . .

So viele … habe ich gesehen:

Fledermäuse: . . . .
Glühwürmchen: . . . .
Eulen: . . . .
Igel: . . . .
Rehe: . . . .
. . . .

Zeichne die Sternbilder mit einem weißen Stift ein.

MONDphasen: So sehe ich den Mond heute

NEUmond VOLLmond

So viele ... habe ich gesehen:

Fledermäuse: . . . .

Glühwürmchen: . . . .

Eulen: . . . .

Igel: . . . .

Rehe: . . . .

. . . .

So viele ... habe ich gesehen:

Fledermäuse: . . . .

Glühwürmchen: . . . .

Eulen: . . . .

Igel: . . . .

Rehe: . . . .

. . . .

Mache Zeichnungen von Dingen und Begegnungen.

Du wirst diese Momente niemals vergessen.

WAS:
WO:
WANN:

WAS:
WO:
WANN:

Besondere Dinge und Momente in meinem Skizzenbuch

Eine Sammlung unterschiedlicher Straßenlaternen

WAS:

WO:

WANN:

Was heißt das auf …?

Hallo
Auf Wiedersehen
Ja
Nein
Bitte
Danke
Keine Ursache
Entschuldigung
Mein Name ist …
Wieviel?
....

Hello
Goodbye
Yes
No
Please
Thank you
You're welcome
Excuse me
My name is …
How much?

Hola
Adiós
Sí
No
Por favor
Gracias
De nada
Perdón
Me llamo …
Cuánto es?

185 Millionen
Menschen sprechen
Sprache: **Deutsch**

1,4 Milliarden
Menschen sprechen
Englisch

420 Millionen
Menschen sprechen
Spanisch

Bonjour
Au revoir
Oui
Non
S'il vous plaît
Merci
De rien
Excusez-moi
Je m'appelle ...
Combien?
Ciao
Arrivederci
Si
No
Per piacere
Grazie
Prego
Scusi
Mi chiamo ...
Quanto?
FR
370 Millionen
Menschen sprechen
Französisch
85 Millionen
Menschen sprechen
Italienisch
233 Millionen
Menschen sprechen
Portugiesisch

Was heißt das auf...?

Lass dir auf der Reise von Einheimischen helfen, diese Wörter zu **übersetzen**. Oder du fragst vor der Reise jemanden, der die Sprache spricht.

Das können vielleicht auch deine Klassenkameraden sein.

Hallo
Auf wiedersehen
Ja
Nein
Bitte
Danke
Keine Ursache
Entschuldigung
Mein Name ist ...
Wie viel?
....

Weltsprachen:

PLATZ

1: Englisch
2: Chinesich
3: Hindi
4: Spanisch
5: Französisch
6: Arabisch
7: Russisch
8: Portugiesisch
9: Bengali
10: Deutsch

185 Millionen Menschen sprechen **Deutsch**

300 Millionen Menschen sprechen **Arabisch**

Eine **Lautschrift** hilft, andere Sprachen mit unseren Schriftzeichen darzustellen.

Was heißt das auf …?

so viele: …
Menschen sprechen

so viele: …
Menschen sprechen

so viele: …
Menschen sprechen

Sprache:

- andere Sprachen und Dialekte

so viele: ...
Menschen sprechen

so viele: ...
Menschen sprechen

so viele: ...
Menschen sprechen

● da wohne ich

● da war ich schon mal

● da möchte ich gern hin

● da wohnt Familie, Freund/in
da kann ich .... besuchen

meine Weltkarte

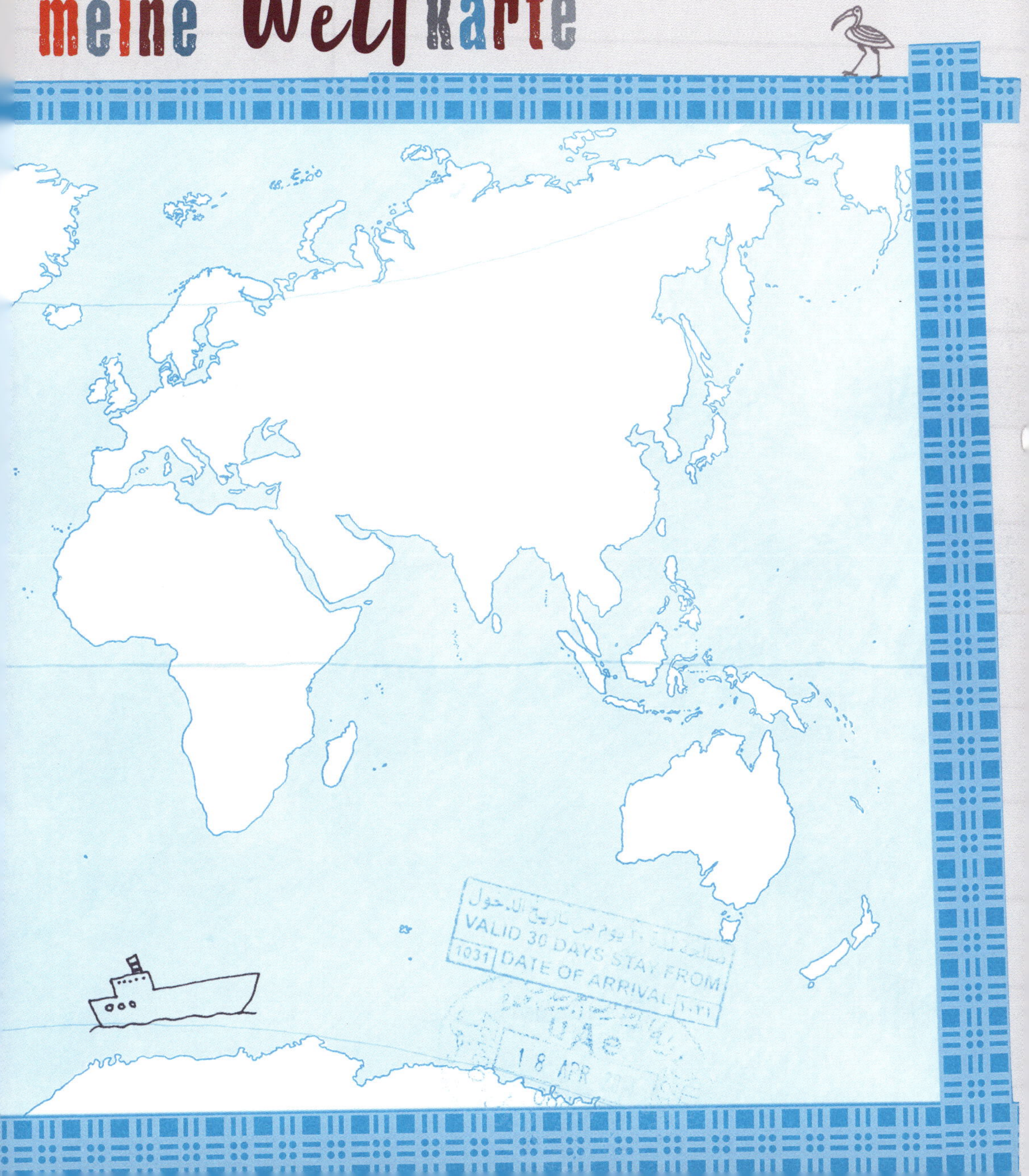

Zeig drauf – POINT IT

Das hilft dir, falls dich überhaupt niemand versteht.
Probier's doch schon mal aus ...

(Du kannst natürlich auch auf *alle* anderen Zeichnungen in diesem Buch zeigen.)

Die Symbole für TOILETTEN sind überall unterschiedlich. Welche sind für DAMEN - welche für HERREN?

Finde weitere Symbole und zeichne sie ein.

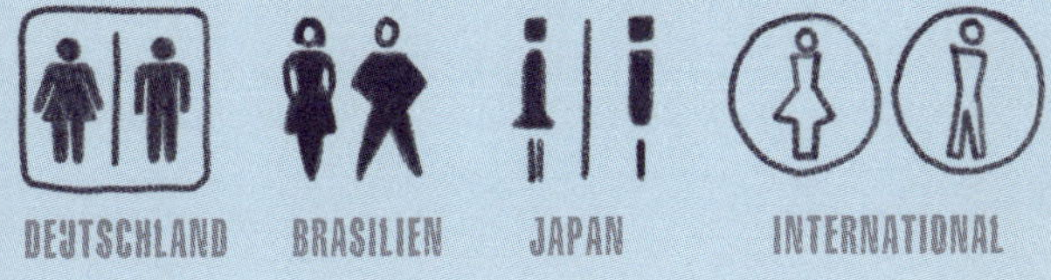

Stempel & Briefmarken

Fiołek trójbarwny Viola tricolor L.
90
POLSKA
GR
PWPW 67

Stempel & Briefmarken

Tickets & Eintritts-kasten.

জাদুঘর পরিদর্শন করুন
গৌরবময় ঐতিহ্যের সঙ্গে পরিচিত হোন
বহি নং 218
ক্রমিক নং 21796
প্রবেশ মূল্য : দুই টাকা
প্রবেশ পত্র
আহসান মঞ্জিল জাদুঘর
AHSAN MANZIL MUSEUM
(বাংলাদেশ জাতীয় জাদুঘরের একটি শাখা)

Tickets & Eintritts-karten.

TICKET
CARNET
optile
RATP
Transports
en Ile-de-France
STIF
dans Paris
01156747 A 1902A2
67392210 01
01142043 G 1902A2
67387714 06
00181267 D 1902A15

Tickets & Etiketten

成季
嘅資產，響呢個重
！如果呢個推斷成立，呢
手貨，對馬迷嚟講更係落

玉英；
司徒治權；六
及第九場「幸運雄獅」團
鄭嘉成、「御鋒」陳有悅，
場「心歡笑」高醫生。尾場
中，之但係佢老爺蔡德偉
都係醒目一族，只要馬主之
或者大家

So ist es hier:

Datum:

Wetter: 

Besuchter Ort:

Erlebnisse:

Das hat mir besonders gut gefallen:

Das hat mich überrascht:

So ist es hier:

Datum:

Wetter: 

Besuchter Ort:

Erlebnisse:

Darüber habe ich heute gelacht:

Das hat mich glücklich gemacht:

So ist es hier:

Datum:

Wetter: 

Besuchter Ort:

Erlebnisse:

Das hat mir besonders gut gefallen:

Das hat mich überrascht:

So ist es hier:

Datum:

Wetter:

Besuchter Ort:

Erlebnisse:

Darüber habe ich heute gelacht:

Das hat mich glücklich gemacht:

Übersicht über eine ganze Ferienwoche

MO

DI

MI

DO

FR

SA

SO

Übersicht über eine ganze Ferienwoche

MO

DI

MI

DO

FR

SA

SO

Mein TAGEBUCH

Diese Seiten sind **streng geheim!**

Mein TAGEBUCH

Diese Seiten sind streng geheim!

NOTIZEN

Platz für alles, was du dir merken möchtest.

NOTIZEN

Platz für alles, was du dir merken möchtest.

Meine Adressen:

Sende liebe Urlaubspost an:

Name: ....
Straße: ....
PLZ/Stadt: ....
mobil: ....
e-mail: ....

Name: ....
Straße: ....
PLZ/Stadt: ....
mobil: ....
e-mail: ....

Name: ....
Straße: ....
PLZ/Stadt: ....
mobil: ....
e-mail: ....

Name: ....
Straße: ....
PLZ/Stadt: ....
mobil: ....
e-mail: ....

Name: ....
Straße: ....
PLZ/Stadt: ....
mobil: ....
e-mail: ....

Name: ....
Straße: ....
PLZ/Stadt: ....
mobil: ....
e-mail: ....

Name:
Straße:
PLZ/Stadt:
mobil:
e-mail:

Name:
Straße:
PLZ/Stadt:
mobil:
e-mail:

Name:
Straße:
PLZ/Stadt:
mobil:
e-mail:

Name:
Straße:
PLZ/Stadt:
mobil:
e-mail:

Name:
Straße:
PLZ/Stadt:
mobil:
e-mail:

Name:
Straße:
PLZ/Stadt:
mobil:
e-mail:

Name:
Straße:
PLZ/Stadt:
mobil:
e-mail:

Meine neuen Freunde & Urlaubsbekanntschaften:

Ich möchte gern Kontakt halten zu:

Name:

Straße:

PLZ/Stadt:

mobil:

e-mail:

Name:

Straße:

PLZ/Stadt:

mobil:

e-mail:

Name:

Straße:

PLZ/Stadt:

mobil:

e-mail:

Name:

Straße:

PLZ/Stadt:

mobil:

e-mail:

Name:
Straße:
PLZ/Stadt:
mobil:
e-mail:

Name:
Straße:
PLZ/Stadt:
mobil:
e-mail:

Name:
Straße:
PLZ/Stadt:
mobil:
e-mail:

Name:
Straße:
PLZ/Stadt:
mobil:
e-mail:

Name:
Straße:
PLZ/Stadt:
mobil:
e-mail:

Name:
Straße:
PLZ/Stadt:
mobil:
e-mail:

Name:
Straße:
PLZ/Stadt:
mobil:
e-mail:

Name:
Straße:
PLZ/Stadt:
mobil:
e-mail:

Meine besten Souvenirs

Wenn du viele Aufzeichnungen in diesem Buch festgehalten hast, dann hast du ein besonderes Reiseandenken. Vielleicht möchtest du dir oder deinen Liebsten aber auch noch etwas anderes mitbringen.
Gewürze, die dich schon beim Kochen wieder an den Urlaubsort zurückbeamen.
Landestypische Mitbringsel, die dir und anderen Glück bringen ...

WAS: ....
WOHER: ....
FÜR: ....

WAS: ....
WOHER: ....
FÜR: ....

WAS: ....
WOHER: ....
FÜR: ....

WAS: ....
WOHER: ....
FÜR: ....

MEIN LIEBSTES SOUVENIR:
Eine Tasche aus einem alten Reissack genäht
aus einem Recyclingprojekt
woher: aus Bangkok
FÜR: mich

Viel Glück

Mit leckeren Spezialitaten bringe ich **Urlaubsfeeling** mit nach Hause.

WAS: ....
WOHER: ....
FÜR: ....

WAS: ....
WOHER: ....
FÜR: ....

WAS: ....
WOHER: ....
FÜR: ....

WAS: ....
WOHER: ....
FÜR: ....

WAS: ....
WOHER: ....
FÜR: ....

WAS: ....
WOHER: ....
FÜR: ....

WAS: ....
WOHER: ....
FÜR: ....

WAS: ....
WOHER: ....
FÜR: ....

WAS: ....
WOHER: ....
FÜR: ....

WAS: ....
WOHER: ....
FÜR: ....

So war die Reise:

* * * * * *

Wann:
Wohin:

Das Beste:

Das Doofste:

Wetter:	Sonnentage	Regentage	Mondphase
so viele:			

Das wünsche ich mir für die nächste Reise:

Das würde ich beim nächsten Mal anders machen:

So war die Reise:

* * * * * *

Wann:
Wohin:

Das Beste:

Das Doofste:

Wetter: Sonnentage Regentage Mondphase
so viele:

Das wünsche ich mir für die nächste Reise:

Das würde ich beim nächsten Mal anders machen:

So war die Reise:

* * * * * *

Wann:
Wohin:

Das Beste:

Das Doofste:

Wetter: Sonnentage Regentage Mondphase
so viele:

Das wünsche ich mir für die nächste Reise:

Das würde ich beim nächsten Mal anders machen:

So war die Reise:

* * * * * *

Wann:
Wohin:

Das Beste:

Das Doofste:

Wetter: Sonnentage Regentage Mondphase
so viele:

Das wünsche ich mir für die nächste Reise:

Das würde ich beim nächsten Mal anders machen:

ÜBER MICH

1965 wurde ich in Hamburg geboren. Hier, in der schönsten Stadt des Nordens, studierte ich an der HAW Illustration und Gestaltung. Seitdem habe ich mehr als 50 Bücher veröffentlicht, die in viele Sprachen übersetzt wurden. Seit ein paar Jahren lebe ich an einem großen See in Schleswig-Holstein mit meinem Mann und zwei Katzen auf dem Land. Mein Wissen gebe ich gern in Workshops auf Lesefestivals, in Schulen und Museen weiter.

In den letzten Jahren habe ich bereits viele Workshops für Künstler und Kunststudenten gegeben, außerdem in Flüchtlingsprojekten und internationalen Schulen. Es ist sehr anregend, mit den unterschiedlichsten Menschen verschiedener Kulturen zu arbeiten.
Meine spannenden Arbeitsaufenthalte führten mich u.a. bereits zweimal nach Bangladesch, in den Libanon, nach Indonesien, Südkorea, China, Hongkong, Singapur und Thailand. Besonders unvergesslich bleiben die Aufenthalte in Indien und das 6-wöchige Kunstprojekt im Sudan.

In diesen LÄNDERN war ich schon:

Deutschland, Holland, Belgien, Österreich, Schweiz, Italien, Frankreich, Spanien, Griechenland, Tschechien, Dänemark, Norwegen, Amerika, Russland, Libanon, Sudan, Indonesien, Indien, Bangladesch, Nepal, China, Südkorea und Thailand.

Diese SPRACHEN spreche ich:

Deutsch, Englisch, Spanisch, nur etwas Französisch (Russisch habe ich wieder vergessen)

Diese INSTRUMENTE spiele ich:

Saxophon und afrikanische Djembe. Außerdem singe ich in einem A-Cappella-Chor.

JULIA KAERGEL über den Dächern von Athen

FOTO: PRIVAT

Künstlerwebsite: www.lialunoa.com

Ausführliche Informationen über
unsere Autoren und Bücher
www.dtv.de

MIX
Papier aus verantwortungsvollen Quellen
FSC® C005833
www.fsc.org

Originalausgabe

Umschlagbild und -gestaltung: Julia Kaergel
Innenillustrationen und -gestaltung: Julia Kaergel
Druck und Bindung: Těšínská Tiskárna, Tschechien
ISBN 978-3-423-71823-3

Da möchte ich irgendwann einmal hin.